UN
HIVER
TANT
ATTENDU

Edition en Français

JERRY B. MARCHANT

Traduit et Adapté par l'Auteur

<u>Titre original:</u> "A Long Awaited Winter"

RÉSUMÉ

Dans un village isolé de la France rurale, James « J.D. » Delaney mène une vie tranquille pour expier ses fautes passées. Ancien espion, il a abandonné ce monde après qu'une erreur a coûté la vie à son frère.

Mais son passé refait surface lorsqu'Irina Volkova, une femme au passé mystérieux, exige la liste confidentielle des espions russes qu'il détient. Cette liste, volée il y a des années, pourrait provoquer une crise mondiale.

Pour survivre, J.D. doit s'allier à la seule personne qui connaît son sombre passé. «Un hiver tant attendu» est une histoire de culpabilité, de courage et de rédemption.

De la campagne française gelée aux ruelles sombres de Paris, J.D. est confronté à une partie d'échecs où la confiance est mise à l'épreuve et où les alliés peuvent devenir des traîtres.

En cet hiver glacial, les fantômes du passé se font enfin entendre.

Table des matières

CHAPITRE 1

OMBRES DU PASSÉ

Le soleil est bas dans le ciel, teintant les vignobles enneigés de la France rurale d'une lumière dorée. James «J. D.» Delaney se tient à la fenêtre de sa maison rustique en pierre, le froid de l'hiver s'infiltrant par les vitres. Le paysage extérieur était pittoresque, une carte postale de sérénité qui contrastait avec la tempête intérieure qui se préparait. Il avait choisi de vivre reclus il y a dix ans, espérant ainsi échapper aux fantômes de son passé, mais les ombres de ces souvenirs persistaient comme des spectres dans les recoins de son esprit.

J.D. se détourne de la fenêtre et pose son regard sur les étagères qui tapissent les murs de son modeste salon. Chaque bouteille de vin français millésimé, méticuleusement collectée au fil des ans, témoignait de sa détermination à ne pas céder à l'indulgence. Il avait depuis longtemps accepté de ne plus se fier à ses vices. La dernière fois qu'il s'y était laissé aller, dans un bar mal éclairé de Kiev, cela s'était terminé dans le chaos et l'effusion de sang. Cette idée le fit frissonner.

Lorsqu'il se dirigea vers la petite cuisine, l'odeur du pain frais se répandit dans l'air. Il avait pris l'habitude de faire du pain comme forme de thérapie, comme un moyen de s'ancrer dans le présent. Les pains étaient dorés, ce qui créait un contraste frappant avec le froid de l'extérieur. Il en sortit un du four, dont la chaleur l'enveloppa comme une étreinte réconfortante.

Tandis qu'il dégustait l'extérieur croustillant, ses pensées se tournèrent vers la mission fatidique qu'il avait effectuée en Ukraine. Il se remémora les visages de ceux qu'il avait perdus : des collègues, des innocents et la personne qui comptait le plus pour lui, son frère. J.D., l'analyste linguiste, avait mal interprété un renseignement crucial, ce qui avait mené à une opération mal préparée ayant entraîné des pertes humaines. Cette erreur l'avait poussé à mener une existence recluse, s'éloignant du monde de l'espionnage qui avait autrefois suscité son enthousiasme.

Dans un geste empreint de minutie, il plaça le pain sur la table et s'administra une tasse de café noir, ses mains manifestant une légère tremblance. L'harmonie de son cadre de vie fut subitement interrompue par le son lointain d'un véhicule qui se rapprochait.Il fronça les sourcils, jetant un regard à travers la vitre givrée. Un véhicule noir et élégant s'arrêta au bout de son allée.J.D. sentit son estomac se nouer : les visiteurs sont rares dans cette partie du monde, et il s'était donné beaucoup de mal pour préserver son intimité.

Il posa son café et se dirigea prudemment vers la porte, le Luger P08 déjà dans sa main - une relique de son époque berlinoise, méticuleusement huilée. À travers le verre dépoli, il pouvait voir une silhouette sortir de la voiture - grande, posée et indubitablement confiante. La silhouette se déplaçait avec détermination, ce qui contrastait fortement avec le charme rustique de son cottage.

On frappa à 5 h 47.

Trois coups. Pause. Deux coups. La cadence du KGB, désuète mais délibérée. Le pouls de Delaney ne s'est pas accéléré. Il a répété ce moment pendant des années.

À travers la vitre trempée par la pluie, il la voit : une silhouette aussi nette qu'un scalpel, un trench-coat bien ajusté. Ses cheveux blonds étincelants brillent sous la lumière du porche. Russe, pense-t-il, mais pas de Moscou, quelque chose de plus froid. De Sibérie, peut-être. ou encore Grozny.

Il hésite. Non par peur, mais par rituel. Il y a dix ans, il aurait barricadé la porte et fui par la cave. Maintenant, il redresse son pull en laine grise, effiloché aux poignets et respire l'odeur de la bergamote et de l'orage imminent.

C'est l'heure du show.

(à travers la porte, en français)

-Nous sommes fermés. Essayez la boulangerie en ville. Leurs mensonges sont plus frais.»

-Je préfère les vérités rassises, M. Delaney. Ouvrez la porte.»

Il s'execute. La pluie entre en rafales dans le cottage, apportant l'odeur de la terre mouillée et des gaz d'échappement du moteur diesel. Ses yeux - d'un bleu pâle, comme la glace de l'Arctique, se posent sur le Luger qu'il tient à la main. Elle ne prend pas son arme.

-Je t'attendais. Qu'est-ce qui a pris tant de temps ?»

Devant lui se tenait une femme, tranchante et saisissante. Irina Volkova. Il la reconnut immédiatement, malgré les années qui s'étaient écoulées depuis leur dernière rencontre. La cicatrice sur sa mâchoire racontait des histoires de batailles menées et survécues, et ses yeux bleus perçants dégageaient une intensité féroce qui lui donna la chair de poule.

« Delaney », dit-elle, la voix douce mais teintée d'acier. « Il faut qu'on parle.

J.D. recula d'un pas, posant instinctivement une main sur le chambranle de la porte pour se soutenir. « Qu'est-ce que vous voulez, Irina ? Je ne suis plus impliqué dans tout ça. »

« Pas impliqué ? Tu es le seul à pouvoir m'aider », répondit-elle sur un ton inflexible. « Je sais que tu l'as ».

Il l'étudia un moment, les souvenirs remontant à la surface : les missions partagées, les conversations chuchotées et la tension qui régnait entre eux. Mais c'était il y a une éternité.

« Je ne sais pas de quoi vous parlez », dit-il, tentant de garder son calme.

L'expression d'Irina changea, ses yeux se rétrécirent légèrement. « Je sais que tu parles parfaitement le russe et que tu vis sous un faux nom. La liste que tu as volée, ce n'est pas qu'une rumeur. Le Kremlin veut la récupérer ».

Son cœur battait la chamade et il sentit son pouls s'accélérer.La liste classifiée des espions russes était un fantôme qu'il avait espéré ne plus jamais voir ressurgir. C'était une relique de sa vie passée, qui lui avait presque tout coûté.

« Tu ne comprends pas le danger dans lequel tu te trouves », dit-il, sa voix à peine au-dessus d'un murmure. « Je crains que tu ne puisses pas rester."

Son cœur battait fort et il sentait son pouls s'accélérer. La liste confidentielle des espions russes infiltrés était un fantôme qu'il avait espéré voir disparaître à jamais. C'était une relique de sa vie passée, une vie qui lui avait coûté presque tout.

« Tu ne comprends pas le danger dans lequel tu es, dit-il d'une voix à peine plus forte qu'un murmure. Tu dois partir. »

Irina s'avança, sa présence impérieuse. « Et te laisser te cacher dans ce cottage pendant que le monde brûle ? Tu dois à ceux qui sont morts à cause de tes erreurs de m'aider. »

J.D. hésita, le poids de ses paroles s'installant en lui. Les fantômes du passé se levaient et il ne pouvait plus les ignorer. Mais alors qu'il regardait dans ses yeux féroces, il y vit aussi une lueur d'autre chose : une compréhension, une douleur partagée.

« Entre, dit-il finalement en ouvrant la porte plus largement. Nous avons beaucoup de choses à discuter. » En franchissant le seuil, J.D. sentit le froid de l'hiver s'infiltrer dans ses os, signe avant-coureur de la tempête qui allait éclater. Le passé était de retour, avec son dangereux jeu d'espionnage auquel il avait tant essayé d'échapper.

CHAPITRE 2

MURMURES DANS LE VENT

La porte se referma derrière Irina, emprisonnant la fraîcheur de l'extérieur. J.D. sentit le poids de sa présence dans son petit salon, tandis que les ombres du passé se profilaient à l'horizon. Il désigna une chaise usée à la table de la cuisine tandis qu'il s'assit en face d'elle, l'observant attentivement.

« Du café ? » proposa-t-il, sa voix plus ferme qu'il ne l'était.

« Non, merci », répondit-elle, le regard inébranlable. « Allons droit au but. »

Il hocha la tête, s'efforçant de déglutir. « Tu as parlé d'une liste. Que sais-tu exactement ? »

Irina se pencha en avant, la posture tendue, comme prête à passer à l'action. « Je sais que tu étais la dernière personne à y avoir accès avant sa disparition. Le Kremlin est en état d'alerte maximale et ils pensent que tu l'as cachée quelque part. Ils feront tout pour la récupérer, y compris envoyer des gens pour te retrouver. »

J.D. sentit un nœud se serrer dans son estomac. Il n'avait jamais eu l'intention de garder la liste ; il s'agissait d'une question de survie. Dans le chaos de cette nuit fatidique en Ukraine, il l'avait prise par précaution, craignant qu'elle ne tombe entre de mauvaises mains. «

Je ne l'ai pas », mentit-il, les mots lui paraissant amers.

L'expression d'Irina se durcit. « Tu mens, et nous le savons tous les deux. Tu penses peut-être t'être échappé, mais le passé ne lâche pas facilement prise. Ni pour toi, ni pour moi. »

Il se pencha en arrière, croisant les bras sur la défensive. « Pourquoi devrais-je t'aider ? Tu travailles pour le Kremlin, n'est-ce pas ? Tout cela n'est qu'une ruse pour obtenir ce que tu veux. »

Elle soupira, exaspérée. « Tu ne comprends pas. Je ne suis pas là pour eux. Je suis là pour mon frère. Tu es responsable de sa mort, Delaney. C'est ton erreur qui lui a fait perdre la vie lors de cette opération ratée en Ukraine. »

L'accusation flottait dans l'air, lourde et étouffante. J.D. sentit le sang se retirer de son visage. Il pouvait encore voir le chaos de cette nuit-là : les coups de feu, les cris, le moment où il s'était rendu compte qu'il était trop tard. « Je ne savais pas qu'il était là », balbutia-t-il.

« Est-ce que ça a de l'importance ? Tu as fait un choix, et des gens sont morts à cause de ça », répliqua-t-elle, la voix brisée par l'émotion. « Mais je ne suis pas là pour te tuer. Pas encore. J'ai besoin de toi en vie pour vérifier l'authenticité de la liste. Si elle est légitime, elle pourrait changer le cours de ce conflit. »

J.D. sentit une lueur d'espoir mêlée d'effroi. « Que se passera-t-il si je refuse ? »

Le regard d'Irina s'adoucit alors momentanément. « Alors tu seras traquée, tout comme moi. Le Kremlin ne reculera devant rien pour te faire taire, et je ne peux pas te protéger si tu refuses de coopérer. » Il pesa ses mots, sentant la gravité de la situation. «Quel est ton plan?»

— J'ai des contacts qui peuvent nous aider. Nous devons vérifier la liste et exposer la corruption au sein de la CIA et du Kremlin. Ils ont transformé cela en un jeu de pouvoir, et des vies innocentes sont en jeu », expliqua-t-elle d'une voix désormais ferme et pleine de conviction.

J.D. ressentit une lueur d'admiration pour sa détermination. Malgré leur histoire tumultueuse, Irina était devenue une force redoutable. « Et qu'est-ce que tu y gagnes ? » demanda-t-il, sincèrement curieux.

« La vengeance », dit-elle simplement, les yeux plissés. « Mais aussi la justice. Je dois à mon frère de mener à bien cette tâche. »

Le silence enveloppa la pièce tandis que le poids de leur histoire commune s'abattait sur eux. J.D. sentit les murs se refermer sur lui, le passé et le présent se heurter dans une danse chaotique. Il voulait depuis longtemps se racheter de ses erreurs, mais la route qui l'attendait était semée d'embûches.

« D'accord », dit-il enfin, brisant le silence. « Je vais t'aider. Mais d'abord, nous devons faire profil bas. Si le Kremlin nous suit, nous ne pouvons pas attirer l'attention sur nous. »

Irina hocha la tête, affichant une expression déterminée. « D'accord. Nous devons accéder à la liste avant eux. L'as tu cachée quelque part ? »

J.D. hésita, sachant que révéler son emplacement signifiait inviter Irina à pénétrer plus profondément dans son monde – un monde qu'il avait tant essayé d'abandonner. « Elle est cachée, mais tu dois comprendre que c'est un territoire dangereux. Une fois que nous nous y impliquons, il n'y a pas de retour en arrière. »

« Je suis consciente des risques », répondit Irina, son ton résolu. « Je n'ai pas fait tout ce chemin pour reculer maintenant. »

Il l'étudia un moment, cherchant une quelconque hésitation. Mais il n'y en avait pas. Tous deux étaient piégés dans une toile de leur propre création, et c'était peut-être leur seule chance de trouver la rédemption.

« Très bien », dit-il en se levant. « Nous devons agir rapidement. Si nous voulons faire cela, nous ne pouvons pas perdre de temps. »

Irina se leva également, une étincelle de détermination s'allumant dans ses yeux. « Montre-moi le chemin. »

Alors que J.D. la conduisait vers la cave exiguë sous son cottage, il sentit le froid du passé le recouvrir comme un linceul. L'obscurité de la cave était palpable, pleine de vieux souvenirs et de regrets, mais aussi de l'espoir d'un nouveau départ. Ensemble, ils affronteraient la tempête qui les attendait, même si cela signifiait affronter leurs peurs les plus profondes.

Et tandis qu'ils descendaient dans l'ombre, J.D. ne pouvait se défaire de la sensation que ce n'était que le début d'un hiver long et périlleux.

CHAPITRE 3

LA CAVE

La cave était un petit espace faiblement éclairé sous la maison de J.D., auquel on accédait par une porte basse et grinçante qui semblait gémir avec le temps. L'air y était frais et moisi, teinté d'une odeur de terre humide et de vieux bois. Une ampoule seule clignotait de manière inquiétante au plafond, projetant une lumière qui peinait à dissiper les ombres accrochées aux coins.

Alors qu'ils descendaient l'escalier étroit et sinueux, J.D. sentit le froid familier l'envelopper, un contraste frappant avec la chaleur de la maison située au-dessus. Les murs de pierre étaient rugueux et irréguliers, couverts de taches de moisissure. Des étagères bordaient un côté de la cave, remplies de bocaux poussiéreux et de reliques oubliées d'une époque révolue. De vieux outils étaient suspendus au hasard à des crochets, témoignant d'une vie autrefois dynamique et trépidante.

Au fond de la cave, une caisse en bois l'intrigua. Elle n'était pas marquée par les intempéries, ses bords étaient éclatés et usés. J.D. s'en approcha avec précaution, le cœur battant la chamade tandis que les souvenirs lui revenaient : les souvenirs des choix qu'il avait faits et des secrets qu'il avait gardés.

Il s'agenouilla à côté de la caisse et ôta les couches de poussière qui la recouvraient. D'une main ferme, il ouvrit le couvercle. À l'intérieur se trouvait un coffre-fort en acier

enveloppé dans une pochette anti-
RFID dont le tissu en nickel
neutralisait tout signal de suivi à
distance. J.D. passa un pouce
calleux sur le sceau inviolable : une
bande adhésive incrustée de
microscopiques billes de verre qui
se dispersaient comme de la
poussière de diamant si on la
dérangeait. Les billes brillaient
toujours intactes.

« Tu l'as caché ici ? » marmonna
Irina en regardant les murs striés de
moisissure. « Il n'y a pas de cage de
Faraday ? Pas de serrure
biométrique ? »

« La meilleure sécurité est
l'inutilité », dit J.D., en retirant la
pochette qui dissimulait un clavier.
« Quatre essais avant qu'il ne grille
le contenu. »

0402 – l'anniversaire de son frère. La serrure s'ouvrit en sifflant.

Irina se pencha tandis que J.D. soulevait le dossier intitulé *Projet Crépuscule*. Sous la première feuille se trouvait une deuxième couche : des pages de nombres apparemment aléatoires.

« Chiffre stéganographique », déclara J.D., en utilisant une lampe UV accrochée à son porte-clés. Des rayons bleus éclairaient les annotations dans les marges : *Margaux '89, Pomerol 2003*. « La clé est cachée dans mes catalogues de vins. Les coordonnées correspondent aux numéros de lots de vente aux enchères. »

Les yeux d'Irina se plissèrent. « Vous vous attendez à ce que je croie que le joyau de la couronne du

Kremlin est déchiffré via des Bordeaux millésimés ? »

« La division de contre-espionnage du SVR ne stocke pas de Wine Spectator », s'exclama J.D., la frustration se lisant dans sa voix. « C'est niable. »

Soudain, un bruit sourd retentit au-dessus de leurs têtes : une planche de plancher gémit sous un poids mal placé. Tous deux se figèrent.

« Compagnie », murmura Irina, sortant un micro-pistolet de sa botte, le métal scintillant dans la faible lumière.

J.D. referma le coffre-fort, sentant le poids de leur situation difficile se faire sentir. « Escalier de derrière. Maintenant. »

Alors qu'ils montaient, il sortit une grenade à cordon de type OTAN de la caisse – une assurance contre l'inattendu. Les ombres saignaient sur les murs, l'hiver mordait de plus en plus profondément tandis qu'ils se déplaçaient rapidement, parcourus par l'adrénaline. Chaque craquement du plancher résonnait comme un écho à leur urgence, rappelant que le temps était compté.

Une fois qu'ils furent remontés, J.D. s'arrêta et écouta attentivement. Le son étouffé venant d'en haut s'était atténué, mais la tension dans l'air restait palpable.

« Tu as entendu ça ? » demanda J.D., échangeant un regard avec Irina.

« Oui », répondit-elle à voix basse.
« Nous devons être prêts à tout. »

Ils sortirent dans l'air frais. Le
soleil d'hiver était bas, projetant de
longues ombres sur le paysage
enneigé. La beauté de la scène était
presque surréaliste, le calme de
l'instant contrastant fortement avec
l'agitation qui grondait sous la
surface.

J.D. guida le chemin sur un sentier
étroit qui serpentait à travers les
vignes, son cœur battant la chamade
alors qu'il regardait autour de lui,
s'attendant à moitié à voir des
silhouettes sombres se dissimuler
au loin. Il se vantait d'être prudent,
mais maintenant chaque son
semblait amplifié, chaque
bruissement de branches une
menace potentielle.

« La dernière chose que je veux, c'est attirer l'attention sur nous », dit-il à voix basse. « Nous devons avancer rapidement et discrètement. »

Irina lui emboîta le pas, sa présence étant à la fois réconfortante et troublante. « Je m'en sors très bien toute seule, tu sais. J'ai déjà été confrontée à pire que quelques regards indiscrets. »

Il lui lança un regard oblique. « Je n'en doute pas, mais il ne s'agit pas seulement de moi. Nous sommes dans le pétrin maintenant, et je ne peux pas me permettre de te perdre. »

Ses lèvres se retroussèrent en un léger sourire narquois. « Penses-tu que je suis un handicap ? »

« Pas un handicap. Un joker »,
répondit-il, un soupçon de sourire
brisant sa tension. « Et je ne sais
pas si je peux tout à fait te faire
confiance. Pas encore. »

L'expression d'Irina changea, les
plaisanteries enjouées laissant place
à un sérieux qui se rapprocha du
sien. « Tu n'as pas à me faire
confiance, J.D. Tu dois juste croire
que nous voulons tous les deux la
même chose : survivre. »

Ils continuèrent leur chemin à
travers les vignes, le craquement de
la neige sous leurs pieds étant le
seul bruit qu'ils entendaient. Alors
qu'ils approchaient de la limite de
la propriété, J.D. sentit une urgence
dans l'air, comme une prémonition
que le temps leur était compté. Il
jeta un coup d'œil par-dessus son
épaule, scrutant l'horizon à la

recherche d'un quelconque signe de danger.

« Une fois que nous aurons atteint la route, nous devrions pouvoir héler une voiture », dit-il, se concentrant sur la tâche à accomplir. « Nous devons agir discrètement. »

Irina hocha la tête, son comportement redevenant celui de l'agent calculé qu'il connaissait. « Je m'occuperai des négociations. Suis juste mon exemple. »

Ils atteignirent alors la route, un chemin étroit et sinueux menant à la ville la plus proche. J.D. jeta un coup d'œil à Irina, ressentant un mélange d'admiration et d'appréhension. « Tu crois vraiment que nous pouvons y arriver ? »

— Tu crois ? — Non, mais je sais que nous devons essayer », répondit-elle d'une voix ferme. « Les enjeux sont trop élevés et le temps presse. »

Alors qu'ils se tenaient au bord de la route, un véhicule approcha au loin. Le cœur de J.D. s'emballa tandis qu'il levait la main pour faire signe au conducteur de s'arrêter. La voiture ralentit et le conducteur les regarda avec curiosité.

« N'oubliez pas, dit doucement Irina, quoi qu'il arrive, nous restons ensemble."

La voiture qui s'approchait était une élégante berline argentée dont la carrosserie polie scintillait sous le soleil hivernal. Le conducteur était un homme d'âge moyen, peut-être la quarantaine, aux cheveux poivre et sel soigneusement peignés en arrière. Son visage anguleux portait les marques de l'expérience, suggérant une vie intense. Il portait un manteau de laine sombre qui contrastait fortement avec une chemise blanche immaculée. Ses yeux verts perçants, vifs et observateurs, scrutaient J.D. et Irina avec un mélange de curiosité et de prudence.

Alors qu'il baissait la vitre, une légère odeur de cuir se mêlait à la fraîcheur de l'air hivernal. « Puis-je vous aider ? » demanda-t-il d'une voix douce mais empreinte de scepticisme.

J.D. remarqua la façon dont l'homme évaluait les environs du regard, comme s'il ressentait le poids de leur situation. Il y avait en lui un air de confiance, une autorité tranquille qui suggérait qu'il n'était pas étranger à la navigation en eaux incertaines.

« Nous avons besoin d'un transport pour Paris », dit J.D., s'approchant de la fenêtre, essayant de transmettre l'urgence de la situation sans éveiller de soupçons.

Le chauffeur haussa un sourcil, hésitant manifestement. « C'est un sacré voyage. Qu'est-ce qui vous amène à Paris, alors que vous êtes ici, à la campagne ? »

Irina se pencha légèrement, adoptant une attitude charmeuse et persuasive. « Il s'agit simplement d'une petite affaire qui nécessite de la discrétion. Nous sommes prêts à payer pour vos ennuis. »

L'homme les étudia un moment de plus, son expression demeurant indéchiffrable. Il y avait une lueur d'intrigue dans ses yeux, mais aussi un soupçon de prudence. « D'accord », dit-il enfin, affichant un léger sourire narquois. « Mais vous devez monter rapidement. Je ne veux pas rester ici plus longtemps que nécessaire. »

En montant sur la banquette arrière, J.D. ressentit un mélange de soulagement et de malaise. Le chauffeur passa la vitesse et ils quittèrent les vignes à toute vitesse, laissant derrière eux le cottage et les fantômes de leur passé.

CHAPTER 4

RENCONTRES

La voiture roulait doucement sur les routes sinueuses, le bourdonnement rythmé du moteur procurant une sensation de réconfort étrange. J.D. était assis sur le siège arrière et avait jeté un coup d'œil à Irina, qui discutait déjà tranquillement avec le chauffeur. L'homme, dont ils avaient appris le nom, Henri, s'était montré étonnamment aimable, même si ses yeux brillaient toujours d'une lueur prudente.

« As-tu des contacts à Paris ? » demanda J.D., tournant son attention vers Irina alors qu'ils parcouraient les environs du village.

Elle hocha la tête, l'expression concentrée. « Quelques-uns. Ils sont discrets et fiables, mais je ne peux pas garantir leur loyauté. Nous devrons faire preuve de prudence. »

« Quel est leur lien avec la liste ? » demanda-t-il, désireux de comprendre les enjeux de leur pari.

« Ils travaillent dans le renseignement, mais ils ne sont pas affiliés directement au Kremlin ou à la CIA », expliqua Irina. « Ils peuvent nous aider à vérifier l'authenticité de la liste et à déterminer le meilleur moyen de la divulguer sans attirer trop d'attention. »

J.D. se pencha en arrière pour réfléchir à ses paroles. Le plan était risqué, mais c'était leur seule chance. « Que se passera-t-il s'ils décident de nous dénoncer ? »

Le regard d'Irina se durcit. Alors nous nous en occuperons. Mais je leur fais plus confiance qu'à la plupart des gens de ce milieu. »

Alors qu'ils approchaient de la périphérie de Paris, le paysage passa de la campagne tranquille à l'effervescence de la ville. Les rues étaient bordées de cafés et de boutiques, les trottoirs regorgeaient de gens vaquant à leurs occupations quotidiennes, inconscients de la tempête qui se préparait juste sous la surface.

Henri manœuvra la voiture dans les rues étroites, affichant un comportement calme et serein. « Où allons-nous ? » demanda-t-il à Irina, jetant un coup d'œil dans le rétroviseur.

« Déposez-nous près de l'avenue de l'Opéra », ordonna-t-elle d'une voix ferme. « Il y a un petit café près de l'angle — La Belle Époque. Nous devrions être en sécurité là-bas. »

Alors qu'ils s'approchaient du café, J.D. sentit une boule d'anxiété se nouer dans son estomac. La ville semblait différente à présent, chargée d'un sentiment d'urgence et de danger. Il avait passé des années à éviter les lieux tels que celui-ci, où les ombres rôdaient à chaque coin de rue et où les alliés pouvaient être les ennemis de demain.

Henri s'arrêta sur le trottoir et ils sortirent rapidement de la voiture. « Merci pour le trajet », dit J.D. en glissant quelques billets dans la main d'Henri. « Nous vous remercions. »

« Restez en sécurité », répondit Henri en les regardant tous les deux avant de démarrer. Au moment où la voiture disparut au coin de la rue, J.D. sentit le poids du monde retomber sur ses épaules.

Ils entrèrent dans le café où l'air chaud les enveloppa comme une étreinte réconfortante. L'odeur des pâtisseries fraîchement cuites et du café corsé emplissait l'espace, mais une tension sous-jacente circulait dans l'air. J.D. scruta la pièce, à la recherche de signes de danger.

« Détends-toi », dit Irina, baissant la voix alors qu'ils trouvaient une petite table dans un coin. « Nous sommes juste ici pour prendre un café, tu te souviens ? »

Il hocha la tête, mais il ne put se défaire du sentiment qu'ils étaient observés. Alors qu'ils s'installaient à leur place, un serveur s'approcha, affichant une attitude polie mais indifférente.

« Bonjour, madame, monsieur. Que puis-je vous servir ? » demanda-t-il, son français fluide et accueillant.

Irina commanda un café et un croissant, tandis que J.D. opta pour un café noir. Alors que le serveur s'éloignait, J.D. se pencha plus près d'Irina. « Quelle est la prochaine étape ? »

« Attendre mon contact, Marie. Elle devrait bientôt arriver », répondit Irina, l'œil scrupté sur la tasse de café. « Elle est digne de confiance et connaît les tenants et aboutissants de la communauté du renseignement à Paris. »

« Est-ce que tu lui fais confiance ? » demanda-t-il, sentant le poids de chaque décision peser sur ses épaules.

« Plus que la plupart », dit-elle, le regard fixe. « Mais n'oublie pas que la confiance est un luxe que nous ne pouvons pas nous permettre en ce moment. »

Ils s'installèrent dans un silence tendu, le bruit du café s'estompant en arrière-plan tandis que J.D. se débattait avec ses pensées. Il ne pouvait se défaire du sentiment qu'ils étaient en sursis, et le grondement de la ville à l'extérieur lui semblait comme un compte à rebours.

La porte s'ouvrit alors, laissant entrer une femme imposante. Elle avait la trentaine, les cheveux noirs tirés en arrière en un chignon élégant, et des traits nets qui révélaient à la fois confiance et intelligence. Elle portait un manteau sur mesure et avait une allure sophistiquée.

Les yeux d'Irina s'illuminèrent lorsqu'elle vit la femme s'approcher et elle se leva. « Marie », salua-t-elle, un sourire sincère brisant son habituel stoïcisme.

« Irina », répondit Marie, lui donnant une rapide étreinte avant de déplacer son regard vers J.D. « Et vous devez être Delaney. J'ai beaucoup entendu parler de vous. »

« Rien de bon, j'espère », dit J.D., forçant un sourire en tendant la main.

Marie la serra d'une prise ferme. « Le passé est le passé. Pour l'instant, nous avons des choses plus importantes à faire. » Elle se glissa sur le siège en face d'eux et son expression se fit sérieuse. « Je suppose que vous avez ce dont nous avons discuté ? »

Irina hocha la tête, revenant à l'essentiel. « Nous devons vérifier l'authenticité de la liste et élaborer un plan pour la divulguer sans attirer l'attention. »

Marie se pencha vers lui, la voix basse. « Très bien. Mais nous devons faire preuve de prudence. Si le Kremlin est à vos trousses, il n'hésitera pas à passer à l'action.

Nous ne pouvons pas nous permettre de faire des erreurs. »

Alors qu'Irina sortait la boîte verrouillée de son sac, J.D. ressentit une vague d'anxiété. Les enjeux n'avaient jamais été aussi élevés et il avait parfaitement conscience des dangers qui se cachaient dans l'ombre. Le café bourdonnait autour d'eux, mais leur petit coin ressemblait à un monde à part entière: trois joueurs pris dans un jeu dangereux, chacun avec ses propres motivations.

Marie examina la boîte avec attention, affichant une expression indéchiffrable. « C'est crucial, mais nous devons anticiper plusieurs étapes. Dès que l'information sera rendue publique, vous deviendrez tous les deux des cibles. »

J.D. sentit le poids de ses paroles peser lourdement sur sa poitrine. « Nous sommes préparés pour cela », dit-il, essayant d'injecter un peu de confiance dans sa voix.

« Préparés? Ou juste pleins d'espoir? »

Marie le regarda sans ciller. « Nous ne pouvons pas nous permettre d'être naïfs. Tu dois comprendre les implications de ce que tu as. »

Irina intervint d'un ton ferme. « Nous comprenons, Marie. Mais nous ne reculons pas. Pas maintenant. »

Marie hocha la tête, le respect étincelant dans ses yeux. « Alors mettons-nous au travail. Nous avons beaucoup de choses à discuter et le temps presse. »

Alors qu'ils approfondissaient les détails de leur plan, J.D. sentit le poids du monde basculer. Ils n'étaient plus de simples fugitifs; ils étaient les acteurs d'un jeu dangereux dont l'issue déterminerait non seulement leur sort, mais aussi celui d'innombrables autres personnes.

Dehors, le soleil d'hiver plongeait plus bas dans le ciel, projetant de longues ombres qui s'infiltraient dans le café, rappelant que l'hiver long et dangereux ne faisait que commencer.

CHAPITRE 5

UN JEU DE DUPES

Tandis que Marie élaborait le plan, l'atmosphère de la Belle Époque crépitait de tension. J.D. écoutait attentivement, conscient que chaque mot pouvait faire pencher la balance entre succès et catastrophe. Irina, elle, restait concentrée, le regard fixé sur Marie, tandis qu'ils discutaient de leurs prochaines actions.

« Tout d'abord, nous devons confirmer l'authenticité de la liste », déclara Marie sur un ton sec et professionnel. « J'ai un contact au sein des services de renseignement français qui peut nous être utile. Nous devons lui faire parvenir la liste discrètement, de préférence avant la fin de la journée. »

« Qui est ce contact ? » demanda J.D., se sentant mal à l'aise. La confiance était une denrée fragile dans leur monde, et il devait comprendre les risques encourus.

« Son nom est Philippe », répondit Marie. « Il est fiable, mais prudent. Il voudra vérifier la liste avant que nous ne prenions d'autres mesures. S'il s'en porte garant, nous pourrons divulguer la liste aux médias. »

Irina se pencha en avant, inquiète. « Qu'est-ce que nous allons faire s'il ne le fait pas ? »

« Alors nous devrons reconsidérer nos options », dit Marie, l'air pensif. « Mais je crois qu'il comprendra l'intérêt de le faire. Cette liste pourrait révéler un réseau d'espions, et vous savez à quel point le gouvernement français aime les scandales. »

J.D. ressentait un mélange d'espoir et d'appréhension. La perspective de révéler la corruption au sein du Kremlin était séduisante, mais les risques étaient considérables. « Comment pouvons-nous atteindre Philippe sans attirer l'attention ? »

Marie esquissa un faible sourire, une lueur de malice dans les yeux. « C'est là qu'intervient le jeu de la tromperie. J'ai un plan. Nous allons l'approcher lors d'une réunion de routine sur des sujets sans rapport. Il ne se doutera de rien avant qu'il ne soit trop tard. »

Les sourcils d'Irina se froncèrent. « Et s'il sent que quelque chose ne va pas ? »

« Alors nous improvisons », répondit Marie, inflexible. « Nous fonctionnons selon le principe de "nécessité d'accès". Moins il y a de personnes impliquées, mieux c'est. »

J.D. prit une profonde inspiration, essayant de calmer l'anxiété qui bouillonnait en lui. « Quand est-ce qu'on démarre ? »

« Maintenant », dit Marie en se levant de son siège. « On n'a pas de temps à perdre. Plus on s'attarde ici, plus on a de chances que quelqu'un nous identifie. »

Alors qu'ils se levaient pour partir, J.D. sentit le poids de la boîte verrouillée dans son sac, rappel constant du chemin précaire qu'ils empruntaient. Ensemble, ils sortirent du café et se fondirent dans la foule animée des rues parisiennes.

Le trio se déplaça rapidement dans les ruelles étroites et les trottoirs encombrés, J.D. scrutant constamment leur environnement à la recherche de tout signe de danger. Alors qu'ils s'approchaient d'un immeuble de bureaux indescriptible, Marie les conduisit à l'intérieur, faisant preuve d'un professionnalisme calme."

« Le bureau de Philippe se trouve au deuxième étage », lui ordonna-t-elle en le conduisant vers un ascenseur. « Restez décontracté. Nous sommes juste ici pour discuter. »

Les portes de l'ascenseur se refermèrent et J.D. sentit la tension s'épaissir dans l'air. Irina se tenait à côté de lui, son expression mêlant détermination et anxiété. « Nous pouvons le faire », murmura-t-elle, les yeux fixes.

Lorsque l'ascenseur sonna, ils sortirent dans un couloir fortement éclairé bordé de portes fermées. Marie les conduisit à une porte marquée « Philippe Dubois ». Elle frappa vivement à la porte qui s'ouvrit aussitôt.

Philippe était un homme d'une cinquantaine d'années aux cheveux gris ébouriffés et aux traits anguleux, qui trahissaient un esprit vif. Il portait un costume sur mesure légèrement froissé, comme s'il avait été plongé dans ses pensées au moment de leur arrivée. Ses yeux scintillaient de curiosité tandis qu'il les observait.

« Marie, c'est une surprise. Qu'est-ce qui vous amène ici ? » demanda-t-il en s'écartant pour les laisser entrer.

Marie répondit d'un ton doux, amical mais autoritaire : « Philippe, merci de nous recevoir. Je voulais discuter de certaines questions urgentes. »

Alors qu'ils s'installaient dans son bureau, J.D. sentit la tension monter. Il échangea un regard avec Irina, tous deux conscients que la situation était sensible.

« Avez-vous des questions urgentes ? » répéta Philippe, s'adossant à sa chaise, les sourcils arqués. « Vous ne venez généralement pas me voir à moins que la situation soit grave. »

Marie garda son sang-froid et prit la parole d'une voix ferme. « Nous avons découvert des informations qui pourraient avoir des implications importantes pour la sécurité nationale. J'ai pensé qu'il valait mieux en discuter directement avec vous. »

L'intérêt de Philippe s'aiguisa, et il se pencha en avant, son expression se transformant en une expression intriguée. « Allez-y. »

Irina lança un rapide regard à J.D., l'exhortant silencieusement à faire confiance à son instinct. Il hocha légèrement la tête, sachant que c'était leur moment. Marie lui fit signe de sortir la boîte.

D'une main ferme, il la posa sur le bureau et l'ouvrit, révélant les documents soigneusement organisés à l'intérieur. Les yeux de Philippe s'écarquillèrent tandis qu'il examinait le contenu.

« Qu'est-ce que c'est ? » demanda-t-il, un mélange d'incrédulité et de curiosité dans la voix.

« C'est une liste d'agents russes infiltrés », répondit Irina. « Nous pensons qu'elle est authentique, et si c'est le cas, elle pourrait révéler un important réseau d'espions opérant en France et au-delà. »

Philippe s'approcha, examina les documents et haussa les sourcils. « Comment les avez-vous obtenus ? » intervint Marie avec douceur. « Ce n'est pas important pour le moment. Ce qui est important, c'est que nous ayons une chance d'empêcher quelque chose de potentiellement catastrophique. Nous avons besoin de votre expertise pour vérifier cela. »

La salle se tut tandis que Philippe étudiait les documents, son expression passant du scepticisme à la contemplation. Finalement, il leva les yeux, le regard sérieux. « Si c'est vrai, c'est explosif. Mais vous devez comprendre les risques encourus. Le Kremlin n'appréciera pas que ces informations soient divulguées. »

« Nous sommes au courant », dit J.D., la voix ferme. « Mais nous ne pouvons pas laisser la peur dicter nos actions. Des vies sont en jeu. »

Philippe hocha lentement la tête, son esprit s'emballant clairement. « D'accord. Je ferai ma part pour vérifier cela, mais vous devez vous attendre aux retombées. Si c'est légitime, cela attirera l'attention de tous les côtés. »

Irina se pencha en avant, la voix pressante. « Nous devons obtenir cette vérification le plus tôt possible. Pouvez-vous le faire ? »

« Je peux organiser une réunion sécurisée avec mes contacts, mais cela prendra du temps », répondit Philippe, d'un ton prudent. « J'ai besoin que vous restiez discret jusqu'à ce que je vous le dise. Pas de risques inutiles. »

Alors qu'ils discutaient de logistique, J.D. ressentit un mélange d'espoir et d'appréhension. Ils avançaient sur une corde raide, et un faux pas pouvait les faire chuter dans le danger.

Philippe conclut enfin : « Je vais devoir passer quelques appels. Vous devriez attendre ici jusqu'à ce que je revienne. Je demanderai à mon assistant de surveiller toute activité inhabituelle. »

Alors qu'ils attendaient dans un silence tendu, J.D. avait le sentiment d'être surveillé. Les enjeux étaient élevés et le jeu de tromperie ne faisait que commencer.

Dehors, le soleil d'hiver plongeait plus bas dans le ciel, projetant de longues ombres qui s'infiltraient dans la pièce, rappelant sans cesse que dans l'univers de l'espionnage, rien n'est jamais vraiment ce qu'il semble être.

CHAPITRE 6

LA LISTE

Alors que des bruits de pas étouffés résonnaient à l'extérieur de la pièce, J.D. sentit une vague d'anxiété l'envahir. Il devait agir vite. Les souvenirs de la mort de son frère en Ukraine le hantaient, lui arrachant un sentiment d'angoisse intense. Le poids de la liste classifiée lui pesait lourd, et il sentait la tentation de la détruire devenir de plus en plus forte.

Il jeta un coup d'œil à Irina, dont les yeux trahissaient un mélange de peur et de détermination. Elle était concentrée sur la porte, prête à se défendre contre toute menace extérieure. Pourtant, à cet instant, J.D. sentit son passé le tirer de plus en plus fort, le poussant à faire un choix.

Devrais-je la détruire ? se demanda-t-il, luttant contre cette idée. *Ou pourrait-elle être une arme, un moyen d'avoir un avantage sur Irina ?*

J.D. avait toujours compris la valeur des informations dans leur monde, mais cette liste était différente. Elle contenait des noms et des détails qui pouvaient exposer un réseau d'espions, potentiellement renversant la tendance dans un jeu dangereux. Mais cela représentait aussi la mort de son frère, un rappel douloureux de tout ce qu'il avait perdu.

Il ouvrit lentement la boîte, les charnières craquant, révélant les documents soigneusement organisés. La lumière de l'ampoule au plafond éclairait les noms sur la liste, chacun représentant un fantôme de son passé. Alors qu'il traçait ses doigts sur le papier, le poids de la culpabilité lui pesait sur la poitrine.

« Je n'arrive pas à croire que nous en soyons là », murmura-t-il, « Tout ça à cause de cette foutue liste. »

Irina se tourna vers lui, son expression s'adoucissant. « J.D., nous devons nous concentrer. S'ils nous trouvent… »

« Tu as déjà pensé à la façon dont nous sommes arrivés ici ? » l'interrompit-il, d'une voix plus haute. « Comment nous sommes-nous retrouvés pris dans ce réseau de tromperie ? La liste n'en est qu'une partie, une partie dangereuse. »

« Qu'est-ce que tu dis ? » demanda-t-elle, l'air préoccupé.

Il hésita, pesant ses mots. « Et si je… la brûlais ? Et si je l'anéantissais entièrement ? C'est peut-être le seul moyen de nous libérer de ce cauchemar. »

Irina s'approcha, la voix basse mais intense. « Tu sais que ce n'est pas la solution. Cette liste pourrait révéler la corruption et sauver des vies. Tu ne peux pas la jeter parce qu'elle te rappelle ton frère. »

J.D. ressentit une vague de frustration. « Tu ne comprends pas ! J'ai tout perdu à cause de ce monde. Mon frère… il a essayé de faire ce qu'il fallait, et regarde où ça l'a mené. »
Ses yeux s'adoucirent et pendant un instant, il vit une lueur d'empathie. « Je comprends, J.D. J'ai perdu quelqu'un aussi. Mais nous ne pouvons pas laisser leur mort être

vaine. Nous devons utiliser cette information pour nous défendre. » Il la regarda, sentant le poids de ses paroles. Pouvait-il vraiment utiliser la liste comme levier ? Cette pensée lui retourna l'estomac, mais elle lui offrit aussi une lueur d'espoir. S'ils pouvaient révéler la vérité, peut-être cela apporterait-il une certaine mesure de justice, non seulement pour son frère, mais aussi pour celui d'Irina.

« Gardons-la pour l'instant », dit-il à contrecœur en refermant la boîte. « Mais s'il faut choisir entre cette liste et nos vies, je n'hésiterai pas. »

Irina hocha la tête, l'air résolu. — D'accord. Mais nous devons rester concentrés. Nous ne pouvons pas laisser nos émotions obscurcir notre jugement. »

À cet instant, le son de voix étrangères se rapprocha et J.D. sentit son cœur s'emballer. Le temps leur manquait. « Nous devons trouver un moyen de sortir d'ici », insista-t-il, scrutant la petite pièce à la recherche d'une issue. Irina se dirigea vers la porte et y pressa son oreille. « Je les entends. Nous devons faire preuve d'intelligence à ce sujet. »

J.D. prit une profonde inspiration, se préparant. « Élaborons un plan. Nous devons rejoindre Philippe avant eux. »

Alors qu'ils se préparaient à passer à l'action, J.D. ressentit un sentiment de détermination renouvelé. Le passé le hanterait toujours, mais il ne pouvait pas le laisser dicter son avenir. Ensemble, ils allaient parcourir ce chemin semé d'embûches, utilisant les

ombres de leur passé comme
carburant pour lutter pour un avenir
meilleur.

Après un dernier regard à la boîte, il
la glissa soigneusement sous son
bras. Quoi qu'il en soit, il était prêt
à l'affronter, quel qu'en soit le prix.
Ensemble, ils affronteraient
l'obscurité qui les envahissait,
déterminés à atteindre la lumière.

CHAPITRE 7

CONFRONTATION FROIDE

La tension était palpable dans l'air lorsque J.D. et Irina sortirent de la pièce et avancèrent prudemment dans le couloir faiblement éclairé. Les voix étouffées à l'extérieur s'étaient estompées, mais l'urgence restait bien présente. Ils devaient rejoindre Philippe avant que leurs poursuivants ne les trouvent.

Alors qu'ils se frayaient un chemin à travers les nombreux corridors de l'immeuble, J.D. sentit un mélange d'adrénaline et de terreur le parcourir. Le poids de la liste confidentielle sous son bras lui rappelait sans cesse les enjeux, et il avait le sentiment que leur fragile alliance était sur le point d'être mise à l'épreuve.

Ils atteignirent finalement l'entrée,
et J.D. poussa la porte juste assez
pour jeter un œil à l'extérieur. La
voie semblait libre, mais il savait
qu'il valait mieux ne pas baisser sa
garde. « Nous devons agir
rapidement », murmura-t-il, invitant
Irina à le suivre.

Alors qu'ils s'avançaient dans l'air
froid, les ombres de l'immeuble se
profilèrent derrière eux, rappelant le
danger qui se cachait juste hors de
vue. Ils se précipitèrent vers la
voiture de Philippe, garée un peu
plus loin, mais juste au moment où
ils atteignirent le véhicule, Irina
s'arrêta soudainement.

« Attends », dit-elle d'une voix
basse mais pressante. « Nous
devons parler. »

J.D. se tourna vers elle, le trouble se lisant dans ses traits. « Maintenant ? Nous n'avons pas le temps… »

« Je sais que nous n'avons pas le temps », l'interrompit-elle, le regard brillant d'intensité. « Mais nous ne pouvons pas continuer à faire semblant que tout va bien. Tu t'accroches à cette liste comme si c'était ta bouée de sauvetage, mais tu ne peux pas contrôler la situation seule. »

Son cœur s'emballa lorsqu'il sentit le poids de son accusation. « De quoi parles-tu ? »

« J'ai vu le regard que tu as lancé là-bas », insista-t-elle en se rapprochant. « Tu veux l'utiliser comme un levier contre moi, n'est-ce pas ? Tu penses pouvoir me manipuler à cause de mon passé. »

J.D. recula, la colère s'emparant de lui. « Ce n'est pas vrai ! J'essaie de te protéger. Cette liste est dangereuse et tu ne comprends pas l'ampleur de la situation. »

L'expression d'Irina se durcit.

« Tu penses être le seul à avoir souffert ? J'ai perdu mon frère à cause de ce jeu ! Je ne vais pas te laisser utiliser ça contre moi. »

« L'utiliser contre toi ? » répliqua-t-il, la voix s'élevant. « J'essaie de nous garder tous les deux en vie ! La dernière chose que je veux, c'est reproduire les erreurs du passé ! » Leurs voix résonnèrent dans le parking vide, la tension entre eux étant comparable à une charge électrique. J.D. sentit le poids de leur douleur partagée, mais la colère l'empêcha de faire preuve d'objectivité.

« Tu devrais peut-être réfléchir à ce que tu fais vraiment », continua Irina, la voix tremblante mais déterminée. « Il ne s'agit plus seulement de toi. Nous sommes dans le même bateau, que tu le veuilles ou non. »

J.D. prit une profonde inspiration, essayant de maîtriser ses émotions. « Je le sais. Mais je ne peux pas m'empêcher de penser que tu as tes propres objectifs. Comment puis-je te faire confiance ? »

Irina recula, la douleur traversant son visage. « La confiance ? C'est riche de ta part. C'est toi qui gardes des secrets, qui as peur de t'ouvrir ! »

L'accusation le blessa et J.D. hésita un moment. Il avait toujours été sur ses gardes, un mécanisme de défense né d'années de trahison. Mais face à l'honnêteté brute d'Irina, il réalisa à quel point il s'était retenu.

« Peut-être est-ce parce que je ne sais pas faire confiance », admit-il d'une voix plus douce. « Mais j'en ai envie. J'ai juste peur. »

L'expression d'Irina s'adoucit, une lueur de compréhension passant entre eux. « Nous avons tous les deux peur. Mais nous devons nous soutenir l'un l'autre si nous voulons survivre à tout cela. »

À cet instant, un bruit brisa leur moment de vulnérabilité : un moteur lointain qui ronflait. J.D. se tourna vers la source du bruit, le cœur battant. « Il faut qu'on y aille, tout de suite ! »

Sans un mot de plus, ils se ruèrent vers la voiture, poussés par l'adrénaline. J.D. tâtonna avec les clés, réussissant finalement à déverrouiller la portière juste au moment où le bruit des pneus crissant résonnait derrière eux.

« Je vais conduire », dit Irina d'une voix urgente alors qu'elle sautait sur le siège conducteur. J.D. se glissa sur le siège passager, tandis qu'il jetait un coup d'œil en arrière. Le SUV fonçait vers eux, sombre signe avant-coureur du danger qui se rapprochait.

« Vas-y ! Vas-y ! » cria-t-il, l'encourageant à continuer tandis qu'elle appuyait sur l'accélérateur. La voiture fit un bond en avant, et ils sortirent du parking juste à temps pour éviter le véhicule qui approchait.

Alors qu'ils fonçaient dans les rues, J.D. sentit la tension monter entre eux. La confrontation persistait, non résolue mais chargée de la possibilité de quelque chose de plus profond. Il jeta un coup d'œil à Irina, qui était concentrée sur la route, les sourcils froncés.

« Où allons-nous ? » demanda-t-elle, déterminée malgré le chaos.

« N'importe où sauf ici », répondit-il, l'esprit en ébullition. « Nous devons retrouver Philippe et nous regrouper. »

Alors qu'ils parcouraient les rues sinueuses de Paris, J.D. avait le sentiment d'être traqués. Le SUV avait disparu de leur vue, mais il savait que ce n'était qu'une question de temps avant qu'ils ne soient retrouvés.

« Je suis désolé pour ce que j'ai dit tout à l'heure », murmura-t-il finalement, brisant le silence. « Je ne voulais pas… »

« Non, » interrompit Irina d'une voix calme. « Tu as raison. Nous ne pouvons pas nous permettre de nous cacher l'un de l'autre. Nous devons être honnêtes si nous voulons que ça marche. »

J.D. hocha la tête, sentant un sentiment de soulagement l'envahir. « D'accord. Je ferai de mon mieux pour être ouvert. Mais ne laisse pas le passé obscurcir ton jugement non plus. »

Alors qu'ils traversaient la ville, la tension s'atténua peu à peu, laissant place à un fragile sentiment de camaraderie. Ils étaient deux âmes blessées évoluant dans un paysage traître, et même si la confiance était précaire, c'était un début.

« Nous trouverons une solution », dit Irina, la détermination se glissant dans sa voix. « Mais nous devons rester unis. Il n'y a pas de place pour le doute. »

À chaque intersections qu'ils traversaient, J.D. sentait le poids de leurs fardeaux partagés commencer à s'alléger, même si ce n'était qu'un peu. Ensemble, ils étaient plus forts, et tandis que les ombres de leur passé planaient derrière eux, ils avançaient vers un avenir incertain, unis contre la tempête qui menaçait de les engloutir tous les deux.

CHAPITRE 8

RÉVÉLATIONS

L'air à l'intérieur de la voiture est chargé d'un mélange de tension et d'incertitude alors que J.D. et Irina se frayent un chemin à travers les rues de Paris. J.D. jette un coup d'œil à Irina dont la mâchoire est contractée. Ils avaient accepté de se faire confiance, mais il sentait le poids des secrets qui les séparaient et qui pouvaient tout changer.

Alors qu'ils approchaient d'un café tranquille près de la Seine, J.D. proposa de s'arrêter un moment pour prendre quelques repères sur la situation. « Nous devons réfléchir à ce que nous allons faire », dit-il d'une voix posée malgré l'anxiété qui l'envahit.

Irina acquiesce, l'air pensif. «
Prenons le temps de nous regrouper.
Mais nous devons faire vite. Nous
ne pouvons pas nous attarder. »

Ils se garèrent et se dirigèrent à
l'intérieur, profitant de l'atmosphère
chaleureuse pour oublier la froide
réalité extérieure. Ils trouvèrent une
table isolée dans un coin, entourés
par le doux bourdonnement des
conversations qui formaient une
barrière protectrice.

« Je n'arrive pas à me débarrasser
du sentiment que nous sommes
observés », dit Irina à voix basse,
en jetant un coup d'œil autour du
café. « Nous devons rester discrets.

J.D. se penche vers elle et dit à voix
basse : « Je sais. Mais d'abord, nous
devons parler de la liste. Il est
temps de tout mettre au clair. » Les

yeux d'Irina se rétrécissent. «
Qu'est-ce que tu veux dire ? »

« Je veux dire la vérité », répond-il,
sentant la gravité de la situation. «
À propos de ton frère et de tout ce
qui s'est passé en Ukraine.

Elle changea d'expression, une
lueur de vulnérabilité traversant son
visage. « Que sais-tu à ce sujet ? »

« Assez », dit-il en choisissant
soigneusement ses mots. « Je sais
qu'il était impliqué dans une affaire
dangereuse qui lui a coûté la vie.
Mais il y a plus, n'est-ce pas ? »

Irina baissa les yeux, ses mains
tremblèrent légèrement sur la table.
« J'ai pensé que je pouvais garder
cela enfoui. Que si je n'y pensais
pas, ça me ferait moins mal. »

J.D. s'est approché d'elle, sentant la fissure dans son armure. « Tu n'as pas à te cacher de moi. Nous sommes dans le même bateau. Si nous voulons nous défendre, nous devons avoir une vision globale de la situation. »

Elle prit une profonde inspiration, sa voix à peine audible. « Mon frère enquêtait sur un réseau de trafiquants lié à des agents russes. Il pensait qu'il était sur le point de découvrir quelque chose d'important, quelque chose qui était lié au Kremlin. »

J.D. sentit un frisson lui parcourir l'échine. « Et tu penses que la liste est en lien avec cela ? »

« Absolument ! », répond Irina, les yeux remplis d'un mélange de peur et de conviction. « Je pense qu'elle contient des noms de personnes impliquées dans ce réseau. Mais je ne m'en suis rendu compte que récemment. Je pensais qu'il s'agissait simplement d'une liste d'espions. »

« Penses-tu qu'elle pourrait nous mener à ses assassins ? » demande J.D., le cœur battant la charge.

Irina acquiesce lentement. « C'est possible. Mais découvrir cette vérité pourrait nous mettre encore plus en danger. »

L'esprit de J.D. s'emballe à mesure qu'il comprend ce qu'elle dit. « Si nous dévoilons ce réseau, non seulement nous pourrons obtenir justice pour ton frère, mais nous pourrons aussi perturber les opérations du Kremlin.

— Exactement, dit-elle, une lueur d'espoir s'allumant dans ses yeux. « Mais nous devons faire preuve de prudence. Les gens que nous affrontons sont sans pitié. »

La porte du café s'ouvre alors, interrompant leur conversation.

J.D. se tendit instinctivement, scrutant la pièce à la recherche d'un quelconque signe de danger. Un groupe d'hommes entra, leur présence était imposante et intimidante. Vêtus de manteaux sombres, ils scrutaient le café comme s'ils cherchaient quelqu'un.

« Reste calme », chuchote Irina, d'une voix posée. « Agissons naturellement. »

J.D. acquiesça, se forçant à se concentrer. Il sentait le stress monter en lui tandis qu'il regardait les hommes s'approcher du comptoir et entamer leur conversation basse et conspiratrice.

« Tu crois qu'ils nous cherchent ? » demanda-t-il.

— C'est possible, répondit-elle, le regard fixé sur le groupe. « Nous devons terminer notre conversation et partir d'ici.

— D'accord, répondit J.D., essayant de garder une voix stable. « Alors, quelle est notre stratégie ? »

Irina prend une grande inspiration, l'air résolu. « Nous devons transmettre la liste à Philippe. Il peut nous aider à vérifier les noms et à recouper les informations. Mais nous devons faire preuve de prudence. S'ils sont sur notre piste,

nous risquons de tomber dans un
piège. »

J.D. acquiesce, conscient de
l'urgence de la situation. « Finissons
notre café et sortons par l'arrière.
Nous pourrons ensuite prendre un
autre chemin pour aller chez
Philippe. »

Alors qu'ils s'apprêtaient à partir,
l'un des hommes du groupe se
retourna et croisa le regard avec
J.D. Une lueur de reconnaissance
traversa le visage de l'homme, et
J.D. sentit son estomac se nouer.

Il cria « Allons-y ! », attrapa le bras
d'Irina et la propulsa vers la sortie
arrière. Ils se glissèrent dans
l'embrasure de la porte au moment
où l'homme appelait ses
compagnons, et leurs voix
s'élevèrent en signe d'alarme.

J.D. sentit la panique l'envahir alors qu'ils faisaient irruption dans la ruelle.

« Cours ! Irina hurla d'une voix pressante tandis qu'ils sprintaient dans l'étroit passage. Derrière eux, ils entendaient les bruits de pas se répercutant sur les murs.

J.D. jeta un coup d'œil en arrière et aperçut les hommes qui les rattrapaient. « Il faut qu'on se sépare ! » cria-t-il. — Ils auront plus de mal à nous suivre.

« Non ! » Irina proteste, la peur se lisant dans ses yeux. « Nous devons rester ensemble !

— Fais-moi confiance ! J.D. insiste. « Je te retrouve chez Philippe ! Vas-y ! »

Avec un hochement de tête réticent, Irina obliqua à gauche dans une autre ruelle tandis que J.D. continua tout droit. Il entendait les hommes se rapprocher derrière lui, leurs cris devenant de plus en plus intenses.

En sprintant dans le labyrinthe de rues, il redoubla d'efforts, galvanisé par l'adrénaline qui alimentait sa fuite. Il entendait les bruits de la ville autour de lui, mais l'essentiel pour lui était de se mettre en sécurité.

Finalement, il repéra une étroite ouverture menant à une cour cachée. Il se précipita à l'intérieur, se plaqua contre le mur et retint sa respiration en écoutant les bruits de la poursuite.

Les bruits de pas s'estompèrent et il jeta un coup d'œil au coin de la rue.

Les hommes étaient passés, se dirigeant dans la direction prise par Irina.

J.D. s'accorda un moment pour se ressaisir. Il devait retrouver Philippe, mais d'abord, il devait s'assurer qu'Irina était en sécurité. Il sortit rapidement son téléphone et lui envoya un bref message : « Je vais bien. Rendez-vous chez Philippe. »

Alors qu'il navigue dans les rues, il ne peut se défaire du sentiment qu'il soit observé. Les ombres de leur passé se profilent et les enjeux n'ont jamais été aussi importants. Mais J.D. est prêt à affronter la suite des événements : avec Irina, ils découvriront la vérité et lutteront contre les ténèbres qui menacent de les consumer.

CHAPITRE 9

ALLIÉS OU ENNEMIS ?

Alors que le soleil baissait dans le ciel, J.D. s'approcha du bureau de Philippe, les ombres s'allongeant autour de lui. Il pouvait sentir le poids des événements de la journée peser sur lui ; son cœur battait fort, pressé par l'urgence de leur mission. Il espérait qu'Irina se trouvait quelque part à proximité, à l'abri des hommes qui les avaient pourchassés.

Il poussa la porte du bureau de Philippe et s'arrêta un instant pour reprendre son souffle. La pièce était faiblement éclairée, encombrée de papiers, de cartes et d'un grand tableau en liège sur lequel étaient disposées des photos et des notes. Philippe leva les yeux de derrière son bureau, l'inquiétude se lisant sur son visage.

« J.D., tu as réussi ! » s'exclama
Philippe en se levant pour le saluer.
« Où est Irina ? Je me suis inquiété.
»

« Elle est en route », répondit J.D.,
essayant de masquer l'anxiété dans
sa voix. « Nous avons été
poursuivis, mais je pense que nous
les avons perdus. Nous devons agir
rapidement. »

Philippe hocha la tête, affichant une
expression sérieuse. « J'ai une salle
sécurisée à l'arrière. Nous pourrons
y discuter de tout. »

Alors qu'ils se dirigeaient vers la
salle arrière, J.D. ressentit un
mélange de soulagement et d'effroi.
Le temps pressait et ils devaient
faire preuve de stratégie. Une fois à
l'intérieur, Philippe ferma la porte
et invita J.D. à s'asseoir.

« Passons en revue ce que tu as trouvé », dit-il en se penchant en avant. « Dis-moi tout. »

J.D. hésita un instant, le poids de la liste classifiée pesant sur son esprit. « Irina et moi avons découvert que la liste contient des noms liés à un réseau de trafiquants. Cela concerne l'enquête sur son frère avant qu'il ne soit tué. »

Philippe fronça les sourcils. « C'est sérieux. Penses-tu que cela pourrait nous conduire aux assassins ? »

« Je l'espère », répondit J.D. « Mais nous devons vérifier l'information rapidement. Si nous pouvons démasquer ce réseau, cela pourrait déstabiliser les opérations des personnes impliquées. »

Juste à ce moment-là, la porte s'ouvrit et Irina se précipita à l'intérieur, affichant un mélange dassurance et de peur sur le visage. « Je suis là. Quel est le plan ? »

« Content de te voir », dit Philippe, soulagé. « Nous discutons de la liste et de ses implications. J.D. pense qu'elle pourrait nous mener aux assassins de ton frère. »

Les yeux d'Irina s'écarquillèrent. « C'est exactement ce dont nous avons besoin. Mais nous devons agir vite. S'ils découvrent que nous sommes sur leurs traces, les conséquences pourraient être désastreuses. »

J.D. hocha la tête, sentant l'urgence de la situation. « Philippe, peux-tu joindre tes contacts ? Nous devons vérifier les noms et trouver un moyen de les exposer. »

« Absolument », répondit Philippe, déjà sorti son téléphone. « J'ai quelques personnes en qui je peux avoir confiance. Mais nous devons faire preuve de prudence. Si quelqu'un a vent de cela, nous pourrions tous être compromis. »

Tandis que Philippe composait le numéro, J.D. sentit une amitié naître entre eux. Ils n'étaient plus seulement des individus avec leurs propres objectifs ; ils étaient alliés dans la lutte contre un ennemi commun.

« Pendant que Philippe passe ces appels, nous devons discuter de nos prochaines actions » dit J.D. en se tournant vers Irina. « Nous ne pouvons pas simplement attendre. Nous devons faire preuve d'initiative. »

Irina hocha la tête, affichant une expression résolue. « Je suis d'accord. Nous devrions essayer de rassembler plus d'informations sur le réseau de trafiquants et voir si nous pouvons trouver des pistes concernant l'affaire de mon frère. »

Philippe termina son appel et se tourna vers eux. « J'ai contacté quelqu'un qui peut nous aider à vérifier les noms sur la liste. Ils nous retrouveront dans un endroit sûr dici quelques heures. »

« Bien », dit J.D., sentant une détermination naître en lui. « Mais nous ne pouvons pas rester les bras croisés. Nous devons commencer à assembler les pièces du puzzle avant que notre fenêtre ne se ferme. »

Irina se pencha en avant, le regard perçant. « Et si nous nous séparions

? Je peux vérifier certains contacts qui pourraient avoir des informations sur le réseau de trafic. Philippe et toi pouvez vous concentrer sur la vérification de la liste. »

J.D. hésita, l'idée de se séparer le déstabilisant. « Tu es sûr que c'est une bonne idée ? Nous ne savons pas qui nous surveille. »

« Je serai prudente », insista-t-elle. « Mais nous pouvons couvrir plus de terrain ainsi."

Philippe hocha la tête pour approuver son propos. « Elle a raison. Nous ne pouvons pas nous permettre de perdre de temps. Si nous travaillons ensemble mais séparément, nous augmentons nos chances d'obtenir des informations cruciales. »

J.D. acquiesça à contrecœur.
D'accord. Mais restez en contact. Si
quelque chose ne va pas, regroupez-
vous immédiatement. »

Irina sourit, une lueur de gratitude
dans les yeux. « Nous le ferons.
Entendu. »

Alors qu'ils élaboraient leurs plans,
J.D. sentit les enjeux augmenter. La
confiance qu'ils construisaient était
fragile, mais la nécessité les liait. Ils
n'étaient plus de simples pions dans
un jeu, mais des joueurs déterminés
à dénoncer la corruption qui
menaçait leur existence.

Après avoir finalisé leurs plans,
Irina partit rencontrer ses contacts,
tandis que J.D. et Philippe se mirent
au travail pour vérifier les noms
figurant sur la liste. Tandis qu'ils
étudiaient les documents, J.D.
ressentit un sentiment d'urgence.

Chaque nom représentait une piste potentielle, un chemin possible vers la découverte de la vérité.

Les heures passèrent, la tension dans la pièce était palpable, tandis qu'ils travaillaient sans relâche. Le téléphone de Philippe vibra et il répondit rapidement, son expression changeant lorsqu'il écouta attentivement.

« Vous êtes sûr ? » demanda-t-il, la voix tendue par l'inquiétude. « Nous devons savoir qui est impliqué. »

Après un bref échange, il raccrocha et se tourna vers J.D. :
« Notre contact a confirmé que plusieurs noms figurant sur la liste sont liés à des responsables de haut rang du Kremlin et de diverses organisations internationales. Cela

va plus loin que nous ne le pensions. »

J.D. sentit un frisson lui parcourir le dos. « Cela signifie que nous avons affaire à des ennemis puissants. Nous devons redoubler de prudence. »

Philippe hocha la tête, l'air grave. « S'ils découvrent que nous les traquons, ils feront tout pour nous éliminer. »

À cet instant, un grand bruit retentit à l'extérieur du bureau, suivi de cris. Le cœur de J.D. s'emballa tandis qu'il échangeait des regards inquiets avec Philippe. « Qu'est-ce que c'était ? »

« On dirait que des ennuis nous attendent », dit Philippe en se dirigeant vers la fenêtre. Il jeta un œil dehors, le visage pâle.

« Ils sont là. Nous devons sortir –
tout de suite ! »

La panique s'empara de J.D. qui se
précipita pour rassembler les
documents. « Où est Irina ? »

« Je ne sais pas », répondit
Philippe, l'urgence dans la voix. «
Nous devons partir avant qu'ils
n'entrent. »

Au moment où ils s'apprêtaient à
sortir, la porte s'ouvrit brusquement
et un groupe d'hommes armés fit
irruption, affichant des visages
froids et menaçants. J.D. sentit son
cœur se serrer.

« Les mains bien en vue ! » hurla
l'un d'eux en pointant une arme sur
eux.

J.D. se figea. Acculés, ils étaient
désormais confrontés à des enjeux

sans précédent. À cet instant, il comprit qu'ils ne se battaient pas seulement pour leur vie, mais aussi pour la vérité, la justice et la possibilité de découvrir l'obscurité qui menaçait de les engloutir tous. Alors que les hommes avançaient, J.D. sentit une poussée de détermination. Ils ne se laisseraient pas faire sans se battre. Ils étaient désormais alliés, liés par un objectif commun, et il ferait tout ce qui était en son pouvoir pour protéger Irina et découvrir la vérité, quel qu'en soit le prix.

CHAPITRE 10

LA POURSUITE DES OMBRES

L'air était lourd de tension tandis que J.D. et Philippe se tenaient au fond du bureau, le cœur battant. Les hommes armés avançaient, et J.D. sentait le poids de l'instant peser sur lui. Il jeta un coup d'œil à Philippe qui scrutait la pièce à la recherche d'une issue de secours.

« Suivez-moi », murmura Philippe d'une voix assurée malgré le chaos ambiant. « Nous allons créer une diversion. »

J.D. hocha la tête, l'adrénaline montant en lui. Il savait qu'ils devaient agir vite. Juste à ce moment-là, le bruit d'une fenêtre brisée rompit le silence et des éclats de verre tombèrent. Ce bruit attira l'attention des intrus pendant une fraction de seconde.

« Maintenant ! » cria Philippe.

Ils se précipitèrent vers le côté opposé de la pièce, se baissant derrière un bureau tandis que les hommes armés pointaient leurs armes dans leur direction. J.D. repéra alors une sortie de secours à l'autre bout de la pièce.

« Allez ! » exhorta-t-il Philippe, qui s'avança à son tour.

Ils se précipitèrent vers la sortie, l'adrénaline alimentant leur fuite tandis que les balles ricochaient sur les murs derrière eux. J.D. sentit la chaleur du danger dans son dos, mais ils ne pouvaient pas s'arrêter maintenant, alors que la liberté était à portée de main.

Ils se précipitèrent vers la sortie de secours, frappés par l'air froid de l'hiver. L'allée extérieure était sombre et étroite, mais ils n'hésitèrent pas. Ils coururent, le cœur battant, désespérés de mettre de la distance entre eux et leurs poursuivants.

« Où est Irina ? » haleta Philippe, jetant un coup d'œil en arrière alors qu'ils tournaient au coin d'une rue.

« Je ne sais pas ! » cria J.D., saisi par l'anxiété. « Nous devons la retrouver ! »

Ils sillonnèrent les rues sinueuses, les bruits de poursuite s'estompant derrière eux. L'esprit de J.D. s'emballa, des pensées sur Irina le poussant à avancer.

« Allons sur les quais », suggéra Philippe, son souffle s'amenuisant pour devenir des halètements rapides. « Il est moins probable qu'ils nous cherchent là-bas. »

« D'accord », acquiesça J.D., se stimulant davantage. « Nous la trouverons. »

Alors qu'ils atteignaient les quais, la lueur du clair de lune se reflétait sur l'eau, créant une lumière étrange. L'atmosphère était tendue, le vent froid mordait leur peau, mais le silence offrait un bref répit dans le chaos.

J.D. scruta la zone, à la recherche d'un signe d'Irina. « Nous devons l'appeler », dit-il en sortant son téléphone.

À ce moment-là, le téléphone de Philippe vibra. Il répondit rapidement, son expression changeant alors qu'il écoutait attentivement. « Oui, nous sommes aux quais. L'as-tu vue ? »

J.D. retint son souffle, l'espoir et la peur se confrontant en lui. Mais l'expression de Philippe se fit sombre. « D'accord, nous t'attendrons. »

« Qu'a-t-elle dit ? » demanda J.D., anxieusement.

« Elle a juste dit qu'elle était en sécurité pour l'instant, mais qu'elle était suivie. Elle essaie de les semer », répondit Philippe, la voix tendue.

J.D. ressentit un mélange de soulagement et d'effroi. « Nous ne pouvons pas rester ici. Nous devons trouver une meilleure location. »

Philippe hocha la tête, scrutant la zone. « Il y a un vieil entrepôt à proximité. Nous pourrions nous y regrouper. »

Ils se dirigèrent vers l'entrepôt, le bruit de leurs pas résonna dans le silence. À l'intérieur, l'air était vicié et empli d'une odeur de rouille. Ils s'enfoncèrent plus profondément dans l'ombre et trouvèrent un coin où se terrer.

« Attendons Irina », dit J.D., essayant de garder une voix calme. « Nous ne pouvons pas partir sans elle. »

Les minutes semblaient des heures pendant qu'ils attendaient, chaque son amplifiant leur anxiété. J.D.

repassa dans son esprit les événements de la journée, le chaos, les confrontations et le poids de la liste. Ils avaient fait tant de chemin, mais la tâche était loin d'être terminée.

Juste à ce moment, un bruit de pas se rapprocha. J.D. se tendit, le cœur battant. « C'est elle ? » murmura-t-il.

La porte s'ouvrit en grinçant et Irina se glissa à l'intérieur, son expression mêlant soulagement et urgence. « Tu as réussi ! » s'exclama-t-elle en se précipitant vers eux.

« Est-ce que ça va ? » demanda J.D., le cœur gonflé de soulagement.

« Je vais bien, mais nous devons bouger. Ils sont tout près », répondit-elle en jetant un coup d'œil par-dessus son épaule. « Nous devons trouver un moyen de sortir d'ici. »

Philippe s'avança, l'urgence dans la voix. « Nous devons rester ensemble. Nous ne pouvons pas nous séparer à nouveau. »

Irina hocha la tête, pleine de détermination. « J'ai un plan. Il y a un bateau amarré au bout de la jetée. Nous pourrons l'utiliser pour traverser la rivière. »

« Allons-y, alors ! » pressa J.D. Ils suivirent Irina hors de l'entrepôt et sur le quai, le vent froid mordant leurs visages.

Alors qu'ils s'approchaient du bateau, J.D. entendit des voix se rapprocher. « Dépêchez-vous ! » exhorta-t-il, se précipitant à bord.

Irina et Philippe suivirent, et ils détachèrent rapidement le bateau du quai. J.D. prit la barre, ses mains fermement posées sur les commandes, et démarra le moteur. Le moteur se mit en marche.

« Allez, allez ! » exhorta Irina, jetant un coup d'œil aux silhouettes qui approchaient.

J.D. pressa le levier de commande, le bateau avança à toute vitesse et s'éloigna du quai. L'eau froide les éclaboussa, les lumières de la ville s'estompant à l'horizon.

Alors qu'ils traversaient la rivière, J.D. sentit un sentiment d'espoir monter en lui. Ils échappaient au danger immédiat, mais la bataille était loin d'être terminée.

« Une fois que nous aurons traversé, nous devrons faire preuve de discrétion et réfléchir à notre prochaine action », dit Philippe, sa voix s'élevant au-dessus du rugissement du moteur. « Nous ne pouvons pas baisser la garde. »

J.D. hocha la tête, concentré sur le chemin devant eux. « Nous allons nous regrouper et élaborer un plan. "

Lorsqu'ils atteignirent la rive opposée, J.D. ralentit le bateau et le dirigea prudemment vers une petite crique. Ils sécurisèrent rapidement le bateau et posèrent le pied sur la terre ferme.

« Et maintenant ? » demanda Irina, scrutant la zone à la recherche de signes de danger.

« D'abord, trouvons un endroit où nous cacher », suggéra J.D., regardant autour de lui. « Ensuite, nous pourrons trouver comment mettre à jour le réseau de trafiquants et ceux qui sont derrière lui. »

Alors qu'ils avançaient dans l'ombre des arbres bordant la côte, J.D. sentit sa détermination renaître. Ils avaient surmonté des défis inimaginables, mais ils étaient toujours solidaires.

« Nous surmonterons cela », dit-il d'une voix déterminée. « Nous découvrirons la vérité. Ensemble. » Irina sourit, l'étincelle d'espoir revenant dans ses yeux.

Alors qu'ils avançaient dans l'obscurité, le poids de leur passé persistait, mais l'espoir brillait à l'horizon. Ils étaient désormais alliés, liés par un objectif commun : défendre la justice et exposer la vérité.

À chaque pas qu'ils faisaient, ils avaient conscience que la bataille était loin d'être terminée, mais ils étaient prêts à affronter tout ce qui les attendait. Le passé pouvait les hanter, mais ensemble, ils forgeraient un nouveau chemin – un chemin vers la rédemption et la justice dans un monde rempli d'ombres.

CHAPITRE 11

LE BILAN

La lumière de l'aube filtrait à travers les fenêtres poussiéreuses de l'entrepôt abandonné, projetant une douce lueur sur la table de fortune où J.D., Irina et Philippe s'étaient réunis. Le faible bruit de l'eau qui s'égouttait résonnait dans les coins, ponctuant le lourd silence qui les enveloppait. La tension flottait dans l'air comme un épais brouillard, rappelant les enjeux auxquels ils étaient confrontés. L'article de Clara avait provoqué une onde de choc dans la ville, déclenchant l'indignation du public, mais ils savaient que la véritable bataille ne faisait que commencer.

Philippe étala les documents sur la table, le regard concentré, les sourcils froncés. « Nous devons agir vite », dit-il d'une voix froide, malgré la gravité de leur situation. « Le Kremlin ne restera pas les bras croisés pendant que nous les dénonçons. »

Irina s'approcha davantage, sa détermination se lisant dans ses yeux. « Nous devons transmettre les preuves à quelqu'un qui pourra les protéger, que ce soit un fonctionnaire du gouvernement ou un journaliste digne de confiance. Quelqu'un qui puisse s'assurer qu'elles ne disparaîtront pas. »

J.D. prit une profonde inspiration, sentant le poids du moment peser lourdement sur ses épaules. Les souvenirs du chaos qu'ils avaient enduré lui revinrent en mémoire, mais il les repoussa pour se concentrer sur sa tâche. « Je connais quelqu'un dans la communauté du renseignement français », dit-il d'une voix basse mais résolue. « Si nous pouvons le joindre, il pourra assurer notre sécurité et nous aider à divulguer efficacement les informations. »

Philippe hocha la tête, une lueur d'espoir scintillant dans ses yeux. « Allons-y », exhorta-t-il. Ils élaborèrent rapidement un plan pour rencontrer le contact de J.D., sachant qu'ils n'avaient pas beaucoup de temps à perdre. L'urgence de leur mission les propulsa en avant alors qu'ils se faufilaient dans les rues de Paris, le soleil matinal se levant plus haut dans le ciel.

Alors qu'ils s'approchaient d'un café discret niché dans une ruelle étroite, J.D. sentit une tension familière monter en lui. Le café, avec son auvent délavé et ses fenêtres fissurées, ressemblait à une relique d'une époque révolue, mais il servait d'endroit parfait pour leur rencontre clandestine. J.D. repéra son contact, un homme d'âge moyen nommé Luc, assis à une table dans un coin, les doigts tapotant nerveusement sur sa tasse de café.

Ce dernier salua J.D. avec urgence, tandis qu'il se glissait sur le siège en face de lui. « Nous avons des informations cruciales concernant le réseau de trafic. Il est lié à des fonctionnaires de haut rang. »

L'expression de Luc changea, ses sourcils se froncèrent d'inquiétude.

« J'ai entendu des rumeurs. Le Kremlin est en état d'alerte. Qu'avez-vous découvert ? »

J.D. énuméra les détails, le cœur palpitant, tandis qu'il expliquait les preuves qu'ils avaient rassemblées : les noms, les connexions et les implications d'une opération qui s'étendait sur plusieurs continents. Tandis qu'il parlait, il pouvait voir l'expression de Luc s'assombrir, le poids de leurs découvertes s'abattre sur lui tel un lourd manteau.

« Cela change tout », dit finalement Luc, la voix grave. « Si cette information sort, elle pourrait ébranler les fondations mêmes du Kremlin. Mais vous devez faire preuve de prudence. Ils viendront te chercher. »

Irina se pencha, l'urgence se lisant dans sa posture. « Nous avons besoin de votre aide, Luc. Pouvez-vous assurer que ces informations parviennent aux bonnes personnes ? Nous ne pouvons pas les laisser tomber entre de mauvaises mains. »

Luc prit le temps de réfléchir à leur demande, son regard se déplaçant au fur et à mesure. « Je ferai ce que je peux, mais tu dois te cacher jusqu'à ce que la situation soit sous contrôle. Je peux organiser une cachette sûre, mais tu dois rester hors de vue. »

En quittant le café, J.D. ressentit un mélange d'espoir et d'anxiété. Ils avaient fait un pas important vers la justice, mais le danger était loin d'être écarté. Les rues semblaient animées autour d'eux, mais J.D. ne pouvait se défaire du sentiment d'être surveillé. Il jeta un coup d'œil alentour, scrutant la foule à la recherche de tout signe de problème.

« Restez près », murmura-t-il à Irina et Philippe, qui hochèrent la tête en signe d'assentiment. Ensemble, ils avancèrent dans les rues sinueuses, un tourbillon d'incertitude les entourait.

Le plan était établi, mais alors qu'ils avançaient dans la ville, J.D. ne parvenait pas à se défaire de l'impression que tout n'était que calme avant la tempête. Les ombres de leur passé planaient au-dessus d'eux et le combat pour la justice ne faisait que commencer.

CHAPITRE 12

UNE NOUVELLE AUBE

Les jours se transformèrent en semaines, chaque instant s'étirant à l'image des ombres qui accompagnaient J.D., Irina et Philippe. Ils se couchèrent dans un modeste appartement situé dans un quartier calme de Paris, loin de l'agitation de la ville. Les murs, autrefois ornés de peintures joyeuses, semblaient à présent constituer une cage, faisant écho à leurs angoisses et à leurs peurs. La tension dans l'air était palpable, suffisamment épaisse pour la traverser, mais ils restaient unis, liés par un objectif commun.

Chaque matin, J.D. se réveillait avant l'aube, la première lumière filtrant à travers les fenêtres sales, projetant une faible lueur dans la pièce. Il s'asseyait près de la fenêtre, le froid matinal effleurant sa peau, tandis qu'il songeait au poids du monde qu'ils portaient. Dehors, la ville s'animait, inconsciente des événements qui se jouaient sous la surface.

Après ce qui lui sembla une éternité, Luc tendit la main avec de nouvelles qui suscitèrent une lueur d'espoir dans leurs cœurs fatigués. « Les preuves ont été recueillies et l'enquête est en cours. L'influence du Kremlin est remise en question. »

Le soulagement les submergea comme une marée, mais J.D. savait qu'il ne fallait pas baisser la garde. « Et nous ? » demanda-t-il d'une voix calme.

« Vous êtes en sécurité pour l'instant », assura Luc sur un ton sérieux. « Mais vous devriez envisager de quitter Paris. La situation reste instable. »

L'évocation de la fuite déclencha un bras d'honneur chez Irina. « Nous ne pouvons pas fuir éternellement. Nous devons continuer à lutter pour la justice », affirma-t-elle, les yeux brillants de conviction.

J.D. ne put qu'admirer sa ténacité. « Tu as raison. Mais nous ne pouvons pas le faire ici, pas encore », répondit-il en scrutant l'appartement exigu à la recherche d'une solution.

Alors qu'ils se rassemblaient autour de la table, l'atmosphère se changea. Ils décidèrent de migrer vers une destination plus sûre, un lieu où ils pourraient poursuivre leurs efforts de collecte d'informations et collaborer avec leurs alliés. La tension de leur passé commun pesait lourd, mais ils se trouvaient désormais au bord d'une nouvelle page de leur vie.

Quelques jours plus tard, ils partirent à l'aube, les rues toujours enveloppées d'un léger brouillard qui masquait les frontières de la réalité. Ils naviguèrent dans les ruelles et les rues secondaires, chaque recoin révélant les secrets cachés de la ville. J.D. sentit une détermination renouvelée, le poids de leur mission pesant fermement sur sa poitrine. Les ombres de leur passé les avaient hantés assez longtemps ; il était temps d'affronter l'obscurité de front.

Lorsqu'ils arrivèrent à leur nouvel emplacement, une maison sûre nichée dans la périphérie de la ville,

J.D. fut frappé par un sentiment d'appréhension. La maison, bien que sans prétention, avait sa propre histoire, ses murs racontant celle de ceux qui l'avaient habitée avant eux. C'était ici qu'ils poursuivraient leur combat.

À l'intérieur, J.D. observa leur environnement, l'air chargé d'anticipation. « Cet endroit a du potentiel », dit-il, l'esprit bouillonnant de possibilités. « Nous pouvons y mettre en place un centre de commandement, coordonner nos contacts et garder une longueur d'avance sur nos ennemis. »

Irina hocha la tête, l'air résolu. « Et nous devrons établir un réseau d'alliés. Si l'enquête prend de l'ampleur, nous devrons nous mettre en relation avec des personnes sur le terrain qui pourront nous fournir des renseignements. »

Philippe intervint d'une voix fière.
« Je connais des contacts de
confiance. Ils pourraient nous aider
à surveiller la réaction du Kremlin à
l'enquête. »

Alors qu'ils planifiaient leurs
prochaines étapes, J.D. sentit un
lien particulier se créer entre eux.
Ils avaient lutté contre les ombres
de leur passé et, ensemble, ils
continueraient à faire la lumière sur
la vérité, déterminés à faire la
différence dans un monde rempli
d'incertitudes.

Mais derrière leur détermination se
cachait la certitude que le danger
n'était jamais loin. J.D. avait le
sentiment que leurs ennemis les
observaient, attendant le moment
idéal pour frapper. Les enjeux
étaient plus élevés que jamais et les
ombres se rapprochaient.

Avec l'espoir dans leur cœur et une détermination farouche, ils entrèrent dans l'aube d'une nouvelle ère, prêts à affronter tout ce qui les attendait. Ils comprirent alors que le combat pour la justice ne faisait que commencer et que le véritable jugement était encore à venir. Alors qu'ils se préparaient à relever les défis à venir, J.D. sentit une étincelle de détermination s'allumer en lui. C'était leur moment de renverser la tendance, de reprendre leur vie des griffes des ténèbres.

Et alors que le soleil perçait le brouillard, projetant des rayons dorés sur le paysage, J.D. savait qu'ils ne reculeraient pas. Ils étaient des guerriers dans une bataille pour la vérité et ils allaient faire la lumière sur les ombres qui menaçaient de les engloutir.